notas mínimas

Chove no rosto dela. E no corpo e na bolsa. Carla saiu de casa sem proteção. E de sandáli Agora anda pelas calçadas molhadas, sem marquises para abrigá-la. "Eu não tô nem aí pra morte/não tô nem aí pra sorte/eu quero mais é decolar toda manhã...", ela cantarola, pra si mesma. Arnaldo Baptista era seu herói. Então vai para o trabalho debaixo de chuva, e brinca com os pés com as poça do caminho, e tenta descobrir a temperatura da água, testando- com a língua sobre a pele do antebraço. São 7h30 da manhã; suas sandálias estão cada vez mais encharcadas. Chove no rosto de Carla, e ela sorri.

Katherine Funke
notas mínimas

ilustrações **Enéas Guerra**

solisluna
editora

BAHIA 2010

notas mínimas

Edição
Enéas Guerra
Valéria Pergentino

Design e editoração
Valéria Pergentino
Elaine Quirelli

Capa e ilustrações
Enéas Guerra

Revisão do texto
Maria José Bacelar Guimarães

Texto revisado segundo o novo acordo ortográfico
da língua portuguesa que entrou em vigor em 2009.

Sistema de Bibliotecas – UFBA

Funke, Katherine.
Notas mínimas / Katherine Funke. - Salvador : Solisluna, 2009. 128 p.

ISBN 978-85-89059-23-7

1. Contos brasileiros. 2. Ficção brasileira. I. Título.

CDD - 869.3

(71) 3379.6691 | 3369.2028 editora@solislunadesign.com.br
www.solislunadesign.com.br www.solislunaeditora.com.br

"É preciso estar sempre embriagado. Aí está: eis a única questão. Para não sentir o fardo horrível do Tempo que verga e inclina para a terra, é preciso se embriagar sem descanso. Com quê? Com vinho, poesia ou virtude, a escolher. Mas embriaguem-se."

Charles Baudelaire

ha

santo vazio

Buscava proteção no vazio.
Sabia disso toda vez que
acendia um cigarro; mas
era só a fumaça descer
quente pela garganta
que mandava qualquer
sentimento esquisito
para a pqp. Era bom
reduzir-se a um merda
miserável que fumava uma
droga industrializada e
cancerígena. "Dane-se",
pensava, e aquela rebeldia
era na verdade seu grande
alento. "Dane-se!" Santo
cigarro! Tinha o poder
de conectá-lo com essa
grandeza universal de
não ser melhor nem pior
que ninguém.

na chuva

– Se é assim realmente, então adeus.

Tudo aquilo tinha me deixado de cabeça quente. Eram ainda sete da manhã, mas o sangue fervia por minhas veias como se quisesse explodir. Saí furiosa pela estrada de lama, os pés em havaianas. Caminhar fazia bem. A chuva caía há cinco dias sem intenção de reduzir de densidade. Nada se via meio metro além da retina. Mas eu me enxergava transparente e forte, como as gotas de água que me impulsionavam a não parar de andar.

metade

Era mais um olhar de esguelha, aquela noite – João nunca encarava sua amada de frente. Tem medo que ela perceba em seu rosto magro a incompletude que habita nele. Namora sim, mas sempre de lado. Disfarça as sobrancelhas tensas, por isso pisca muito com o olho da direita. Sua outra metade, oculta, revela-se viva. E tenta controlar mãos trêmulas entre cigarros e fósforos, mãos que não sabem se acendem um cigarro para a amada ou para si mesmo.

anjo de novo

Quando ela ri, surgem dentes perolados, combinando com a pele de veludo. Doce frescor sai de seu dorso, uma gota de orvalho brilha no fundo de cada um dos olhos. Ela dança bem devagar, tirando de si, com dor, a energia para os movimentos. As mãos gesticulam ainda mais lentamente criações ao vento – posições de acolhimento, depois perdão, e entrega, e iluminação, e sedução, e desespero, e silêncio. Dançar leva a menina a outro mundo, para descobrir-se anjo de novo.

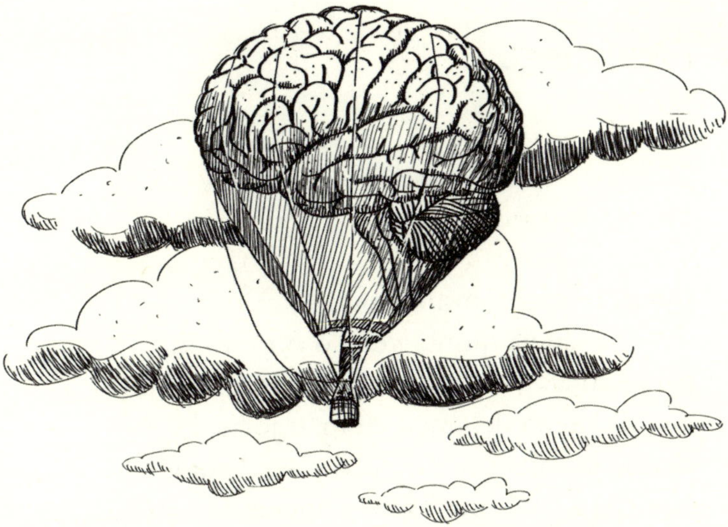

maria lúcia

E essa tontura que não passa, o sangue latejando, os poros muito abertos, o desbloqueio, o desbloqueio, o desbloqueio da mente (inspirar contando um dois três quatro cinco seis sete oito nove dez, expirar desfazendo dez nove oito sete seis cinco quatro três dois um) – Maria Lúcia era secretária e tudo o que queria era o desbloqueio da mente, da sua, da minha, da dela. Mas o telefone tocou, a agenda estava cheia. Nove da manhã e o mundo já tinha duas mil toneladas.

(des)apego

Eu não sei nada sobre as grandes coisas do mundo, mas sobre as pequenas eu sei menos.
Manoel de Barros

Então olhou com um forçado ar de desprezo, pela quinta vez no mesmo dia, para aquela que tinha sido sua inseparável companheira de tantas e tantas jornadas. Não significava mais nada. Justo ela... Agora, o que restava da mochila era apenas um pano velho, duro e desbotado. Mas como doía ter de se separar daqueles pedaços de lona!

embrulhos

Sim, está confusa a minha cabeça, doutor, mas a questão é que – incrivelmente – desta vez não quero mais organizar nada. Não que eu tenha perdido a esperança, acho até que ganhei mais. Perdi foi a pressa. As coisas simplesmente são, e é bom que às vezes se tornem confusas. Todo esse embrulho significa que estou viva e que –

o eterno

Mundo, confranges-me por existir.
Tenho-te horror porque te sinto ser.
E compreendo que te sinto ser
até as fezes da compreensão.
Fernando Pessoa

É tão fugidio o que é eterno que, quando vejo, já não vejo – desenxergo o pensamento pelo êxtase de tê-lo tido. Se acredito, erro. E se duvido, também. Porque tudo é erro e acerto ao mesmo tempo. Acertos consistem muitas vezes em não agir.

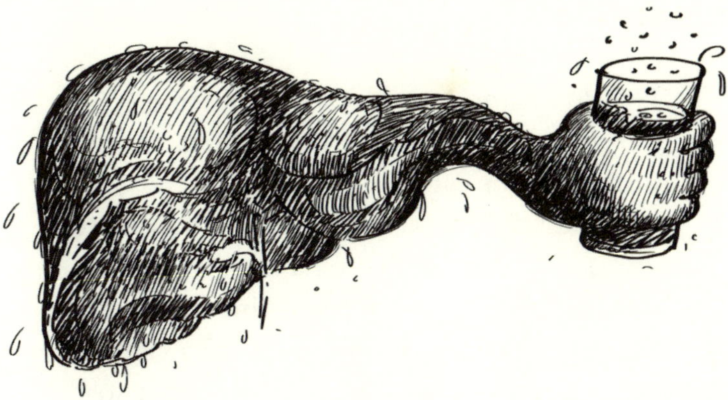

de fígados doentes

O fígado de M. está corroído pelo estranhamento de si mesmo. O fígado é o órgão mais inteligente do corpo dele, porque percebe depois de duas doses de qualquer coisa que o cérebro anda mal, realmente mal, cheio de merda. O fígado está corroído pela moleza de suas mãos inúteis, mãos de pele suave como a de um bebê, mãos que servem apenas para dar vazão a ideias construídas a partir do parapeito da verdade. E o cérebro doente, enganado pela paisagem, julga tristemente atingir a essência só por poder vê-la de longe...

do metrô

E todo dia, no fim do expediente, me perguntava tudo o que não poderia responder, só para poder imaginar a boca daquela menina me explicando lentamente que, na verdade, tinha trabalhado tanto nas últimas horas que mal conseguia ir pra casa. Ela me pediria para carregá-la até a cama. Juro que nos meus sonhos era apenas isso: eu a pegaria no colo, entraria em um táxi e nós finalmente iríamos belos e arejados para minha casa (por sobre o asfalto, e não por baixo dele, isto é, nós seríamos gente de novo, e não minhocas esquecidas nesse negreiro subterrâneo).

do metrô (2)

(para Martín)

O metrô aporta na estação. Din-don. As portas abrem para o mundo. Sair. Escadas. Mais escadas. Uma gota de suor desliza pelo lado direito da testa, rumo ao pescoço. Relógios marcam meio-dia; o sol quente faz tremeluzir o brilho do asfalto. Edson caminha louco de fome e de sede até seu microesconderijo no oitavo andar. Sobe um perfume de pastel de carne no caminho do prédio – um, não; dois, no saquinho plástico – almoço barato. Edson dá cinco reais, o vendedor devolve um e oferece um refri de brinde. Maravilha. Sorrisos, obrigado, eu que agradeço, até. Elevador chega. Chave na porta. Senta no sofá. Come os pastéis. Deita ali mesmo. Diante da TV ligada, sem volume. Está feliz e ensina: "Sentir o agora – e só." Cochila até as duas. Ronca um pouquinho.

de montanhas e lagos

(para Luana)

"A paisagem aqui é de montanhas rochosas, grandes lagos azuis e bosques milenares", diz a mensagem, enviada em raro momento urbano de uma viagem pela natureza primitiva por Bariloche. A autora escala rochas e vulcões para se encontrar com o belo. E neste caminho se põe em risco. Mas isso não mete medo na menina corajosa. Um dia, estávamos confortavelmente sentadas em praça pública bebendo suco de uva industrializado e ela disse: "Cansei. Antes morrer numa montanha do que atropelada por um carro."

nem tudo se diz

Dizer? Não dizer.

crimes

– Olá, meu nome é Henrique. Sou o Grande Xerife daqui.

– Ó, prazer – respondo, estendendo a mão. – Pois não, Grande Xerife?

– Vim saber o que a Pequena Senhorita anda fazendo.

– Ah, sim. Pois não. Ando olhando o céu e sentindo o vento passar por entre meus cabelos.

– Só isso?

– Só.

– Bom, então vou-me embora. Vejo não ter utilidade.

– Ah, sim.

– Desculpe incomodá-la, Pequena Senhorita.

– Nada, não. De criminosa, só tenho minha imaginação...

a garçonete

Serve a empada de chocolate com morango para um casal infeliz. Basta olhar as bocas, tortas para baixo; a mulher balançando a cabeça enquanto o homem murmura qualquer coisa. Geisa não tem tempo pra analisar feições. Anota o pedido da outra mesa e segue seu rumo entre comedores e bebedores sempre insatisfeitos. Ela tem o rosto submisso de quem ouve ordens todos os dias, das quinze à meia-noite. Geisa precisa sentar e comer uma empada de chocolate. Agora.

homens

Asfalto carcomido das bordas ao centro. Buracos. O carro segue indiferente, desviando dos perigos, sempre em frente. A luz do dia entra pelos olhos como lança-chamas. Marujo acende o cigarro, nota que é o último e continua a dirigir. Ainda mais rápido. Em meia hora, outra paisagem o espera. A do quarto de Ernestina. Pequeno, mas sombreado e bem ventilado. Tina sempre fazia valer o esforço, a poeira, o suor, o cansaço. Esperava Marujo com o almoço pronto e o corpo perfumado. Todo domingo, há três anos. Quando volta para casa à noite, o homem se joga nos braços de Graziela, sua mulher, como se tivesse realmente passado o dia jogando bola com os amigos. Enche-a de carinho e jura amor eterno entre beijinhos inocentes. O corpo de Tina era a lembrança que dava vigor para Marujo amar a esposa dia sim, dia não, antes de dormir com os anjos.

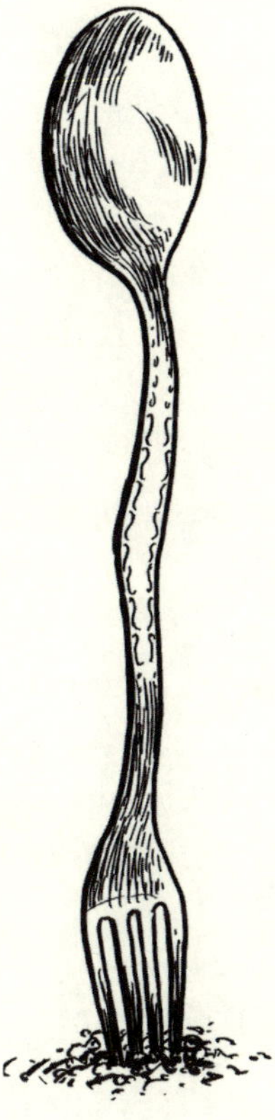

no que for

– Calma.
– Como?
– Cale, coma. Celebre.
– Mas, como, se...?
– Creia.
– Crer em quê?
– Calma...
– Crer em quê?
– Creia. Apenas creia.

cointreau com chá preto

If the doors of perception were cleansed, everything would appear to man as it is, infinite.

William Blake

Ouve, como fazemos barulho para viver? Sinto algo estranho diante de tanto falatório. Estou solene e surda, em calma fruição do néctar da noite, querendo o silêncio da Lua atrás das nuvens, a música intrigante do Oriente, o cointreau com chá preto, os amigos sorridentes, filosóficos e poéticos em suas loucas sabedorias ancestrais.

insônia

O vento soprava poemas nos meus ouvidos, e quando entrei de volta no prédio, já sabia alguns novos segredos. Abriguei-me, trêmula, entre as quatro paredes do quarto, embaixo das cobertas, à espera de digeri-los silenciosamente.

Mas continuava a ouvir os silvos por entre os galhos de árvores – ainda mais versos, ainda mais estrofes, todas sem rima, todas me dizendo algo que eu não sabia. Aquela noite, não dormi.

na fila

11h08, debaixo do coqueiro. O vento atravessa os pelos da tua barba na minha imaginação (teu rosto não está aqui), o sol queima minhas coxas (tuas mãos sempre ocupadas com outras coisas), minha cabeça tonta balança para dizer sim ao não (e não ao sim) e um homem reclama da demora do senhor de idade que usa o caixa eletrônico.

classificados

Compro artigos desconhecidos e raros. Vendo novidades previsíveis. Troco presentes por futuros. Alugo horizontes. Dou risada. Coleciono pés de meia solitários. Divido apartamento com sonhos que durmam cedo.

edgar

O brinco daquela boneca custava dez mil dólares, dez mil dólares. Edgar remói ecos de seus sonhos, mas tem de se concentrar em amarrar os sapatos. Hora de partir. Um novo dia de trabalho o espera. Era de ônix, o brinco? Mas, ê, que eu tenho que comprar sapatos novos. Sociável, mas ainda absorto em sonhos, lá vai Edgar. Voa sobre a cidade no seu ônibus espacial particular. Bate o cartão com incrível alegria porque se lembra, sempre, do mesmo trecho de um pesadelo bizarro e louco que tivera pouco antes de conseguir aquele emprego (seu chefe era um polvo de dez mãos). Mas, o brinco! Dez mil dólares...

pulsa devagar

Tudo pulsa. Há vida. Devagar e sempre.
Existem travessias longas e difíceis, estados
perplexos de contemplação da encruzilhada
e largos confortáveis para tomar sombra.
Há dias de trabalho e dias de silêncio.
Orgasmos mútuos em madrugadas frias
e lágrimas solitárias em manhãs quentes.
Tudo pulsa no mesmo ritmo em que
o mundo gira. Só devagar se chega lá.

camuflagem

Eu me tornei a fumaça que entra e sai dos pulmões dele.

os remédios do velho

Outro dia doutor mandou tomar relaxante muscular e, confesso, desmaiei num abismo de inércia, onde o movimento dominante era ambíguo e descendente – a cabeça a mil, o corpo a zero. A moça sabia que mamãe sempre me dava uma aspirina antes de dormir? Pois sim. Era para me fazer viver mais tempo, dizia. E o que você traz aí na bolsa, tem algum rê-mé-din? Ãh? Nem o de evitar criança? Sei. Nem lequiçotã, nem tandrilaquis? A moça me desculpa, né, mas achei que tinha. Vai, não precisa fazer cara de quem toma emulsão escóti! Já sei qual é o remédio preferido da mo-cim! É ar! É ar! Hoje em dia tá moda esse negócio de tomar ar puro, tem até nome chique...
Eu tô é ficando velho...

o mecânico

João teve os olhos esmaecidos por lentes grossas desde criança. Eram verdes-acizentados – grandes, mas apagados como folhas secas de outono – que aceitavam tudo sem discutir, inexpressivos. Mas se tornou um bom carteiro. Todos os dias, subia na bicicleta e passava horas pelas ruas, a distribuir, de acordo com os endereços, papéis e pacotes direcionados para outras pessoas. Era simples e bom.
Um dia, notou de repente que nunca tinha recebido cartas. E resolveu abrir uma, por curiosidade inocente. Foi das mais tristes já escritas no mundo – história inominável, terrível, cheia de feridas. Os olhos secos de João encheram-se de lágrimas, o verde-cinza absorvendo tristeza de fora para dentro.
Então ele decidiu, resoluto, nunca mais ser mensageiro do abandono. E foi assim que virou o mecânico da esquina.

hoje sim

Hoje vamos pelo
caminho mais longo.
Ver o mar. Sentir a
brisa. Tomar sorvete de
açaí. Hoje vamos ler
umas crônicas e tomar
chá. Descansar o corpo.
Recostar na parede.
Hoje viveremos para
hoje, é só –

errare humanum est

– Todo mundo erra, até eu. E você.

– Mas eu errei feio dessa vez. Tenho vergonha. E me sinto menor hoje do que no momento do erro.

– Conserte. Nada é definitivo. A impermanência deve prevalecer sempre.

uma cliente

Seus olhos redondos e
inchados saltam das órbitas
e parecem não estar muito
saudáveis. Pequenos canais
de sangue desenham
caminho sobre o branco.
Efeito de calmantes, ou
estimulantes, acho. A boca
vai no mesmo sentido,
quase um megafone
de beiço, pura irritação
e ressentimento.
É assustadora essa mulher.
Sempre reclama dos preços.
E quando ela se acha
bonita, fica ainda pior.
Vem toda cheia de razão,
de vestido curtinho, com
celulites e pequenas veias
lilases à mostra. E é desse
jeito que me olha agora, à
espera do troco. Claro – o
troco. Entrego. Rezo para
só vê-la de novo na semana
que vem.

flor de boldo

"Quatro dias dentro de um copo com água – e as flores de boldo estão cada vez mais vívidas, em seus lilases entremeados de azul e branco. Surpreendente! Nem mesmo as rosas possuem tamanha resistência; e se fossem cravos ou gérberas, talvez já teriam murchado."
Érica pensa em tudo isso enquanto revive o momento da descoberta.
Foi em um dia intenso e cansativo: ela pôde sentar-se sem pressa diante do canteiro da erva e entregar-se à contemplação, alheia a qualquer julgamento. Um homem alertou: "quer que pareça que você é louca?", mas ela não ouviu nada. Escutava a respiração do boldo e tentava acompanhar o ritmo e a intensidade daquela existência. Queria ser uma flor de boldo. Para sempre.

ipês

Desço a ladeira e percebo
que as flores caídas dos
ipês, deixam a paisagem
menos árida. É de manhã
cedo, mas os motorizados
já não demonstram
piedade com os pedestres.
O estômago queima, os
olhos ardem e não sei
ainda a razão daquelas
flores cor-de-rosa de
alguma forma curarem
a dor de existir neste
mundo anárquico.

kappus, hoje

Sejamos Kappus por hoje. Leiamos as cartas de Rilke. Vejamos como a dor no peito se anuncia, se inflama e se alivia. Venha, Rilke, trazer a paz; venha perdoar nossas manifestações de desprezo pelo que amamos e nossas reconhecidas vaidades. Adormeça nossos medos com suas palavras-cantigas de ninar (a origem de todo erro é mesmo essa imperfeição tão normal).

a promessa

Frita acarajés para pagar uma promessa. Por entre as grades da janela, entram raios de sol, em faixas grossas e bem delimitadas. Gotículas de gordura e outras partículas tornam a cozinha irrespirável e aprisionante. Os bolinhos são pequenos, como se fazia muito antigamente. E gostosos. Há suor debaixo do nariz largo da cozinheira, e um lenço amarrado na cabeça. O cheiro de dendê entra por cada poro da nossa pele. Faz calor.

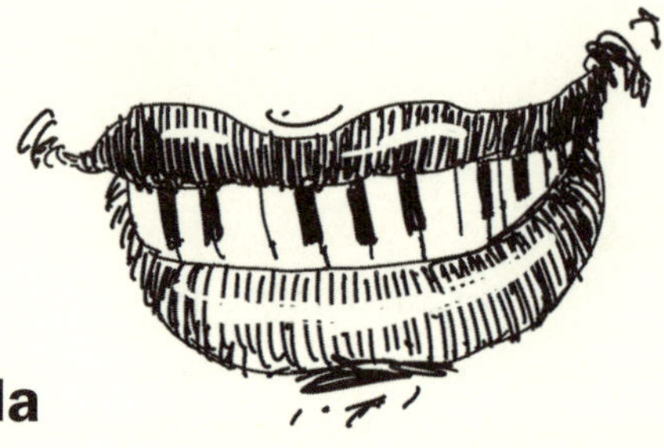

missão cumprida

O pianista bate uma palma contra a outra duas vezes, sem que o gesto produza qualquer som.
Agora ele as esfrega, os olhos fixos nas teclas pretas e brancas à sua frente, o queixo trêmulo.
Não há partituras; só memória e intuição.
Passam-se dois minutos, e o queixo do homem parece tremer mais forte a cada segundo de silêncio.
Mas, de repente, tá, tã: as notas começam a sair de sua cabeça e virar som de verdade.
O pianista balança todo o tronco para frente e para trás com a dinâmica da Ária da Quarta Corda.
O queixo para de tremer na segunda parte, quando surge, em sua boca, um sorriso torto de missão cumprida.

o inatingível

Uma fileira de carros preenche os inícios de noite. Um porção de pessoas tem medo de abrir a porta. Alguém suspira. Outro acende um cigarro escondido. O futuro é grande como o oceano; mas quem se habilita a pular na água, se todos estão tão unidos a suas terras firmes?

o ciclo do ciclista

Pedalo por entre as brechas das calçadas, por entre a multidão de pedestres e a camada veloz de motorizados que me ignoram. Aperto meus pés contra os pedais e os aceito de volta, para depois impulsioná-los à frente outra vez.
Em movimento, imagino a mim e a multidão ao meu redor: deslizaríamos por sobre pistas perfeitas e sem interrupções para chegar aos nossos destinos. Teríamos praças no caminho, com água de coco, café e sorvete, onde poderíamos parar na volta do trabalho para sorver ideias, desenhar poesias e comer a paisagem. Bibip.
Uma buzina me ensurdece. Estou de volta à realidade.

proposta

– Por que as pessoas
falam tanto sem ter nada
de novo a dizer?
– Não sei. Mas essa
pergunta aí também não
é grande notícia.
– É mesmo.
– Então, nos calemos;
vamos buscar as
descobertas.
– Eu topo.

no café

(para Pena Filho)

O bigode e as sobrancelhas cheias por cima da xícara de café quente, levada à boca por instantes prolongados na tarde fria, tornavam o rosto do rapaz uma fonte de calor. Os pelos debaixo do nariz protegiam segredos íntimos; os que estavam sobre os olhos emolduravam afeto. O moço depositou a xícara vazia de novo no pires, pagou a conta e foi-se embora. Não sem antes dizer, sorrindo, "até mais, obrigado!", deixando na padaria um pedaço alegre de si mesmo para as balconistas estressadas.

a miss

Planejaram juntos: Rodolfo seria um grande comerciante, e ela, Ivete, poderia ajudar a administrar os negócios com seus conhecimentos de contabilidade. Só que não tinham capital, nem sabiam exatamente que tipo de loja queriam montar. Já levavam nessa quatro longos anos de promessas & sonhos. Em seus delírios tolos, Rodolfo a cada dia parecia mais paspalho para ela. Aquelas coisas todas já não diziam mais nada a seu respeito, a não ser que era uma grande fracassada. Mas agora tinha sido eleita miss; então, sorria para o fotógrafo.

espelho meu

Olhou no espelho.
– Sou eu.
– Não sou mais.
– Ainda tenho o mesmo olhar.
– Mas o sorriso não vem tão fácil.

Chegou mais perto.
– Será que aí dentro continuo igual?
– Do lado de cá só vejo tua pele, tua casca.
– E dentro do meu olho?
– Nunca consegui mirá-lo.

Encostou o nariz no vidro gelado.
– Queria só parar o tempo.
– E eu queria um polimento.

Soltou um bafo para desenhar um coração.
– Quando eu era criança, adorava fazer isso.
– Você ainda é criança.
– Não sei. Acho que não sou mais.
– É. É sim.
– Prove.
– Simples. Eu ainda te sou um bom companheiro.

no arco-íris

(para Hyldon)

– Alô!
– Vem.
– Agora?
– ...
– Tá.
– Não, não; melhor: nos encontramos
no caminho.
– Onde?
– Sobre aquela ponte, no fim da rua.
– Se sairmos já, ainda pegamos o arco-íris...

jardim na cabeça

Flores caminham diante dos meus olhos. Elas passeiam no lombo de insetos. A bola branca perfeita entra pelas minhas pupilas. Enxergo pedaços pequenos de jasmim em movimento. Meus olhos castanhos estão verdes e são portais para que as flores andem para dentro da minha cabeça. Elas seguem pela ponte criada pela abertura. Uma a uma. Plantam perfume em pensamentos revoltos pela tempestade. Aninham minha alma em beleza. Aquecem a tarde umedecida pela chuva da manhã.

ricardo moura

Hoje a cidade está tranquila. Pelo menos para mim, Ricardo Moura, desempregado, muito prazer. Caminho pela Dorival Caymmi sem pressa. Fumo meu cigarro pensando em como é bom sair na rua sem camisa e sem sapato. Aqui nesse mundo tudo tem dois lados, um bom e um ruim. Ninguém pode querer só o lado bom. Minha paz é assim, verdadeira. Tenho cigarros para o fim de semana inteiro. Hoje minha mente está tranquila.

superbonder

Reuniu seus estilhaços ao amanhecer. Havia descoberto a nova cara da complexidade: afinal poderia mesmo ser tudo simples, como o pé de mato mais comum da floresta; então deitou na rede de novo. Sorria. O céu estava azul, as nuvens formavam contornos idílicos. Não havia mais com o que se preocupar. Depois, talvez, pensasse de novo em tudo aquilo. O que importa agora, sem pressa nem angústia, é rejuntar cada pedaço com o superbonder da paciência.

domingo

(canção em dois acordes)

O sol chegou mais cedo no domingo.
Às 5h55 da manhã já tinha gente trocando
e-mail no computador. Trocando e-mail,
em vez de dormir ou olhar o nascer do Sol
(e dizer "Hello, Sol! Tudo bem?").

toda manhã

Chove no rosto dela. E no corpo e na bolsa. Carla saiu de casa sem proteção. E de sandália. Agora anda pelas calçadas molhadas, sem marquises para abrigá-la. "Eu não tô nem aí pra morte/não tô nem aí pra sorte/ eu quero mais é decolar toda manhã...", ela cantarola, pra si mesma. Arnaldo Baptista era seu herói. Então vai para o trabalho debaixo de chuva, e brinca com os pés com as poças do caminho, e tenta descobrir a temperatura da água testando-a com a língua sobre a pele do antebraço. São 7h30 da manhã, suas sandálias estão cada vez mais encharcadas. Chove no rosto de Carla, e ela sorri.

fenômeno químico

O dia amanheceu com cara de Grande Problema Causador de Vidas Sem Sentido. Mais um dia de acordar, trabalhar, voltar para a casa, descansar, dormir. Qual é o Grande Problema? Não sei. Não deveria estar me sentindo otimamente bem por estar tudo tão estável, afinal? Mas como, se conheço a instabilidade alheia tão a fundo?

★

Por ora, decido, egoísta:
– Tudo que parece tão sólido agora, amanhã não passará de mais um montinho de cinzas, restos do fenômeno químico da neurose.

★

Nunca vi um fenômeno químico capaz de concretizar tantos absurdos.

fonte nova

Ficção. Sopro em prosa para afastar os maus ventos, e trazer mais perto brisas amorosas e serenas. Amém

A fila do ingresso estava mesmo imensa nessa quinta-feira, e já era quase meio-dia, e eles tinham chegado às oito na Fonte Nova. Ainda iria demorar mais um tempão para se aproximar realmente do guichê, e a barriga roncava – mas Rosa, ainda assim, sorria. Tudo o que lhe importava era ter seu namorado ao seu lado. O rapaz falava sem parar ao celular com o amigo do trabalho, era blablablá Bahia vai ganhar blablablá Bahia vai subir e nem um beijo para Rosa, só aquela mão suada entre as dela. Mas a menina não se chateava com isso também. Ao contrário, exultava.

Estar ao lado de Souza era o que mais queria. Então sorria ao pensar que já estava há horas de mãos dadas com ele, sentindo aqueles dedos macios entre os seus. De repente respirou fundo e pensou, sem direito saber a razão (talvez vagamente encucada com a quantidade de gente que lotaria o estádio), que morreria ao lado dele no domingo, se fosse seu destino, mas iria com ele ao jogo. Ah, iria. Com muito amor. Já tinha sido tão bom pegar ônibus colada nele... Souza sabia da candura de Rosa e gostava do calor da pele dela. Era tão bom. Poderia morrer deitado entre seus braços. Ah, poderia...

rindo por reflexo

Tá todo mundo rindo à toa. Tim-tim. Mais champagne, por favor.

um minuto no bar

Como sempre, os olhos verdes de Seu Rodolfo salvam a mocinha do pesadelo. Ele não tem culpa das minhas paranoias. Percebo-o cem quilos mais leve do que meu lado esquerdo do cérebro. Escuta, estão soando os primeiros acordes de *People are Strange*, do The Doors... (Legal é que, mesmo aos 70 anos, Seu Rodolfo costuma perguntar o nome de alguns discos e anota a resposta. Depois vem me dizer o que achou das outras músicas. Esse do Doors ele já conhecia. Que barato). Sirvo a cachaça bem lentamente, uma dose para ele e outra pra mim. Não brindamos nem bebemos juntos, mas há um sentimento de companheirismo entre nós.
O cliente parece nervoso.
– O senhor está com algum problema?

perigos

– Diga aí, velho. Me passa seu cigarro?
O homem de roupas brancas, longas botas brancas e boné branco – um açougueiro em início de expediente – deu o que o vagabundo queria. Era o que carregava nas mãos, afinal. A mulher que vinha atrás fez cara de medo, quando percebeu o risco de ter sua bolsa solicitada pelo mendigo. Então atravessou a rua e continuou o caminho longe dos grandes perigos contidos nas pequenas frases alheias.

caixa-castelo

Do alto do 502 ou do 304 ou do 701, caminhará sobre um gramado de ar a partir do parapeito da microvaranda. Vislumbrará flores nos buracos do asfalto. Transformará postes cinzentos em verdejantes árvores. Lâmpadas fluorescentes dos vizinhos encaixotados emitirão luzes psicodélicas. Os carros lá embaixo produzirão ruídos harmoniosos para melodias sutis. O interior da caixa, assim, se fará um castelo de sonho, encontros & sublimações.

sem alma

Enterrou a própria alma no último domingo. Foi ao velório sozinho, porque ninguém percebeu. Levou flores para si mesmo e chorou como criança. Depois secou as lágrimas e seguiu adiante sua vidinha de sempre. Agora o corpo sem alma perambula mecanicamente por aí, como se nada tivesse acontecido: come bebe dorme mija defeca telefona fala escreve paga compra sente frio vai ao banco e até sorri quando diz "bom dia, como vai" para os colegas da megaorganização supranacional onde trabalha.

o vento

Sopra o vento. Sopra forte
e bagunça a estante onde
estão empilhadas as certezas.
Quem está na sombra,
sente frio e se esconde em
cavernas e cobertores. Assim
o vento entra por um ouvido
e sai pelo outro, deixando no
meio da cabeça um zumbido
de dúvida-do-que-não-foi e
uma poeira fina de esse-aí-
-sou-mesmo-eu que gruda em
todas as conexões neurais.

achados

Caminham de mãos dadas pelas ruas sujas, namoram de madrugada e de manhã e de tarde e quando acordam se espreguiçam
e dizem:
– Te amo.

perdidos

Merda, ele não a merece.
É um filho da puta como qualquer outro: perdido, querendo usar outra pessoa para se encontrar. Isso não se faz com ninguém.

a insone

Foi uma madrugada comprida. Às duas e meia da manhã, nem sinal de sono. Na cabeça, fragmentos de ideias importantes demais para deixar para o dia seguinte. A partir de agora vou. Mas quando eu era pequena. Um dia minha mãe disse que. Então era melhor eu. O olhar dele era. Ainda é? Ontem, descobri finalmente. Hoje cedo a minha chefe. Amanhã será que. Consigo? Eu vou sim. Não vou. Amanhã chegou. Não chegou. Maxilar mastigado pela ansiedade. Galos cantam sem parar, leais à sua função no planeta. Então meus vizinhos têm galos! Antes das cinco o céu começou a amarelar por trás do vidro sujo da janela. Será um longo dia.

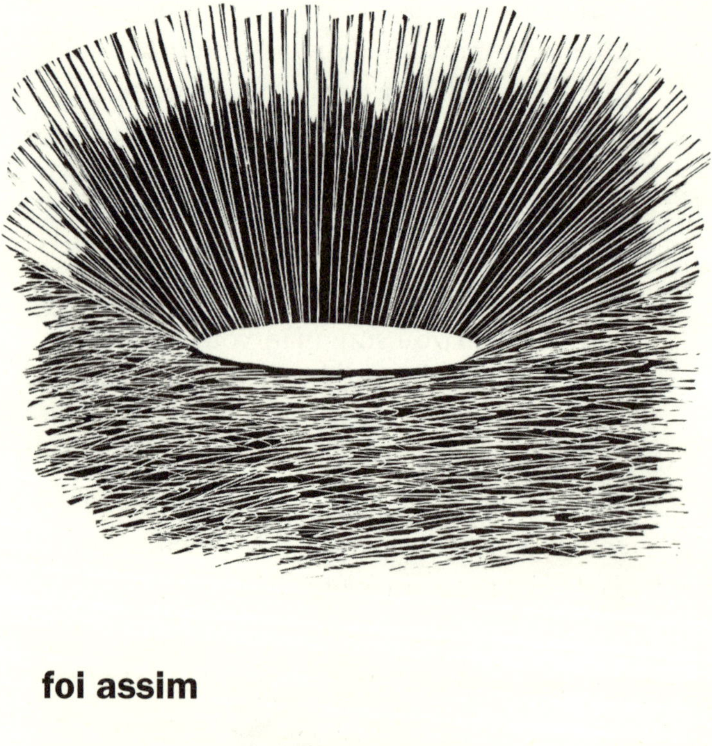

foi assim

O sol estava às portas do céu, mas ouviu um chamado da terra e fugiu para se esconder no buraco do jardim.

bom dia

Fábio se debruçou sobre a grade na janela do apartamento, para ver o movimento das pessoas, dos carros, a troca de luzes do semáforo. Fumava. A televisão estava ligada e o rádio também – bem alto. A ideia era não pensar em absolutamente nada naquela manhã. Nada. Viver era para ele uma tarefa torturante. Quando o cigarro acabou, terminou o café, já frio na xícara.

No banheiro, deu um berro de "bom dia" pro mundo:

– Porra!

E tomou banho.

secura normótica

Mas às vezes chora a seco no vaso sanitário, negando o que sente, negando o amar – não quer ser essa máquina competente e fria numa linha de produção mecanizada – fluxo supervisionado por *softwares* de penúltima geração e executivos de gerações ainda mais terrivelmente normóticas que a minha. Sentada na pedra, pregada na pedra, querendo voar...

simples assim

Decidi de repente que preciso me livrar logo de ti. Eu quero o que é verdadeiro, sem batom e sem artifícios. Preciso me livrar de ti, e é pra já. Cuspo na mão e esfrego, esfrego teu nome fora da minha pele, do meu corpo. Tu és agora apenas um borrado ilegível de um rascunho. E então tenho as mãos vazias para novas palavras.

ladeira da preguiça

Boca escancarada, hálito fétido, olhar fixo para dentro do meu. A mulher sentada na soleira da porta do mausoléu tem uma patologia mental bem específica, é certo – mas os padrões da normalidade não subiram a Ladeira da Preguiça. Das pedras mal colocadas no chão aos telhados de jardins da Babilônia, das bocas de loucas aos pés dos santos que ali vivem, em tudo há mistério, malandragem, mandinga, maluquice, medo. Ainda são duas e meia da tarde, mas a sombra toma conta da rua. Vejo um velho branco de camisa regata à janela. Em seu rosto, já é noite.

um dia cheio

Cerca de 348,5 descobertas de vazios e de preenchimentos cabem no mesmo dia. Abro uma cerveja, pelo quinto gole reencontro o amargo de ontem e jogo metade fora. É assim com os pensamentos: a gente aprende a dispensar os mais podres e incômodos para encher a alma de mentiras. Às vezes, julgando-me forte, eu os encaro e engulo até a última gota. Então o relógio marca as distâncias entre os minutos no mesmo tic tac de sempre – mas cada segundo passa a ser tão intenso que amadurece a visão e envelheço mais de quatro mil anos em uma hora.

verdades desfocadas

Vejo tudo muito bem – e é por isso mesmo que, confusa e infantil e impermanente, agora quero ver tudo embaçado. A verdade passa pelo meu campo de visão e aprendi a friamente fingir não vê-la – antes de saber-me pequena eu até piscava e sorria para ela; desfoco tudo e apenas sinto o amargo da minha própria estupidez, e sou eu mesma a imagem perfeita dos limites da alma, a pessoa presa num muro alto de miopia autoconsciente e infeliz.

mantra nervoso

Cenas se repetem na cabeça, como mantras visuais, sensoriais, nervosos. Uma, duas, três, mil vezes e outra de novo.
Ciclo infinito de repetições para relembrar aquele momento.
Agora ou nunca.
Cenas se repetem na cabeça, como mantras visuais, sensoriais, nervosos. Ângulos novos para o mesmo desejo. Cenas se repetem na cabeça, como mantras visuais, sensoriais, nervosos. Uma cerveja agora, um cigarro depois, nada além. Mantras nervosos dão ritmo a essa vida indomável.

silêncios

Meio da noite, insone, segurava o ar por muito tempo para que a respiração não interferisse. Queria escutar o silêncio do quarto, acompanhado por uma orquestra de estrelas-grilos e cachoeiras-carros ao longe. Após vinte minutos de sinfonia, deitou no chão. Sem querer, encostou o ouvido no piso. Levou um susto. Mesmo estando no segundo andar do prédio, julgou captar o barulho das células do centro da terra se remexerem como bolhas na panela de água fervente. Quando percebeu a riqueza da descoberta, quase berrou de alegria. Não teve tempo, pois nesse instante notou que podia escutar o caminhar das formigas vermelhas pela parede – perna ante perna, dezenas de insetos em marcha ruidosa. Um espetáculo. Passou o resto da noite a descobrir silêncios. Feliz, adormeceu e sonhou com o que ainda não conhecia.

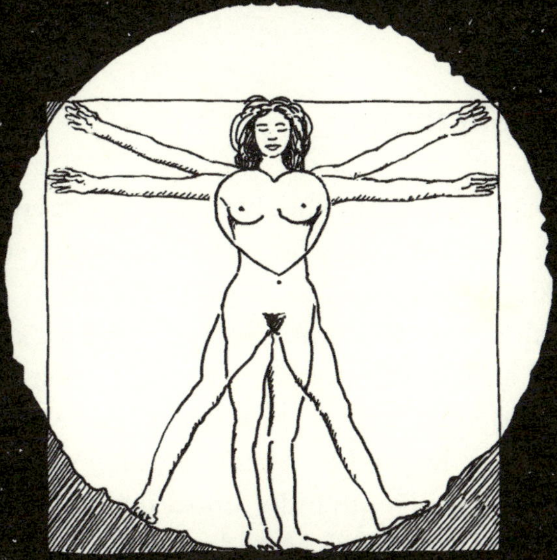

ressaca em lua cheia

A urgência da vida paralisa o cérebro
da guria de cidade grande. Ressaca.
Pensamentos lentos e atos mecânicos.
A vida grita que está passando muito, muito
rápido e, no entanto, a menina só consegue
coçar a cabeça sem jeito, acender mais um
cigarro, tomar outro suco de uva na padaria
da esquina. Quer paz; a cabeça martela a
dúvida de onde a paz estaria. No lugar
do coração, por defesa, ela havia instalado
um motor que apenas bombeia sangue.
As noites de lua cheia arrasavam seu corpo.
Em sonhos, valsa nas estrelas.

aquela mulher

Corpo nu no espelho. Desejo e desespero. A pele reflete raios do sol que não aquecem. É de manhã, mas não importa. Aquela mulher acordou noite. Sentia-se menor do que a imagem informava. O peito ardia, o ar não entrava, as mãos estavam frias e vazias e os pés doíam. O pescoço era uma rocha dura. Então, respirando fundo, decidiu-se. Quase sorri, febril. Movida por um reflexo inconsciente, olha para o lado, e o que vê a faz mudar de opinião. Mirou o próprio rosto noturno de novo. Bem de perto. No fundo dos olhos, uma esquizofrenia emergente. Abaixo deles, olheiras. Perplexa, atordoada, e com medo de perder a razão, decidiu não decidir nada.

no olho

Pela janela aberta, entra uma mulher com a missão de acompanhar o homem adormecido pela viagem através dos tempos.
O quarto está silencioso, quente, confortável. Pétalas de rosas descem do céu pelas mãos da mulher, e ela canta uma melodia celestial, sem palavras.
O vento segue agressivo do lado de fora – intransigente, insensível. No olho do furacão, há paz.

alone

we're keeping busy yeah we're bleeding stones
with our machinations and our palindromes
anything but hear a voice that says we're basically alone
"I", de Andrew Bird, no disco *Weather Systems*

Estamos sós. E cada nota que sai da caixa de som me confirma. E cada flor e folha e semente e pedra e lápis e papel e espelho, ah o espelho, eles também me dizem: estamos sós. Posso fechar os olhos e aí o recado vem mais forte ainda: você está só. Hoje, não tenho poesia que não seja triste, que não saia da ferida que eu mesma causei. Uma dor maior que meu corpo, maior que esta rua, maior que esta cidade. Quem se importa? Estamos sós até decidirmos o contrário. Um alento me acalma. É um dito popular: o que for para ser, será.

corpo leve

E brindaram com copos de plástico. Fazia calor naquele sertão brabo, era meio-dia, e o gosto de chão do líquido marrom trouxe-os de volta da insolação temporária. Os estômagos vazios não incomodavam. Ao contrário. Agradeciam pelo corpo leve, que permitiria voos mais altos. A única questão preocupante era aproveitar todos os minutos restantes antes do Fim dos Tempos. Plugaram os instrumentos, montaram a bateria, aqueceram as gargantas e os dedos. "Eu só quero fazer parte do *backing* vocal"...

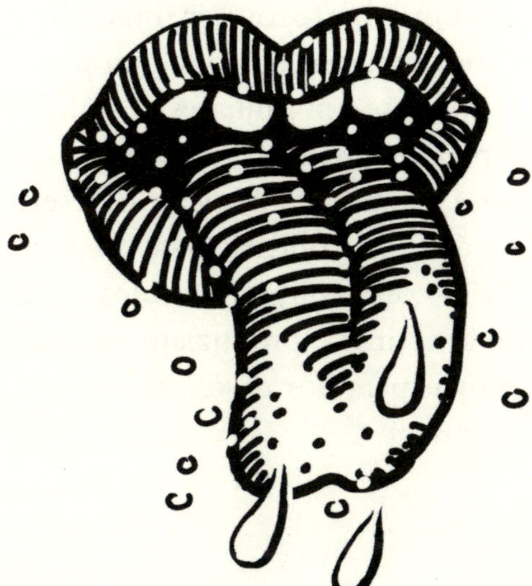

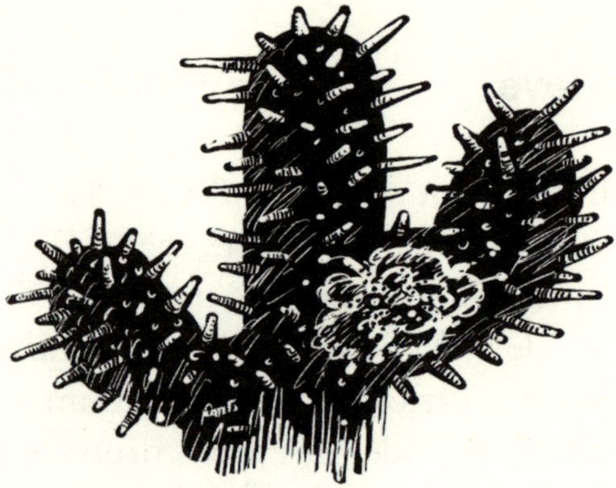

flor de cactus

Mais devagar, mais devagar, mais... Aceleravam para vencer as distâncias. Queriam parar o carro e descer e fugir para dentro daquela paisagem tão seca quanto seus olhos... Tornar-se um daqueles cactus, ou um arbusto, ou ser uma feliz e pacífica vaca com toda a pastagem para si. Melhor: diluir-se em milhares de células de H_2O para esverdear o sertão. Agora, planavam. Decidiram sobrevoar o deserto das sensações para solidarizar-se com as pedras. Não conseguiram. Os raios de luz invadiam as retinas e produziam milagres. Estavam mais para flor de cactus do que para mineral.

ao interior

Ela tinha a boca seca quando acordou antes do sol para partir. Não reclamou da escuridão, não pensou no desconhecido, não pensou em nada. Juntou objetos para suas necessidades básicas e, quando fechou o zíper, acalmou a face para esperar o transporte. Ninguém lhe dera bom dia, ninguém dissera boa viagem, volte logo, terei saudade. A estrada seria uma boa companheira.

vacina

Quando a substância passou a circular em minhas veias, e olhei no fundo daquela alma, entendi tudo. A vida inteira se transformou naquele milésimo de segundo.
O sangue começou a circular com mais força, formigar pelo corpo, clamar pela intensidade da vida.
Eu agora sou eu e essa novidade injetada em mim.

formigas

Invadem a cozinha e se metem até por dentro da falha mais imperceptível do mamão menos doce. Trilham caminhos infinitos pelas paredes. Caminham na quinta marcha, rápido, mais rápido, em velocidade proporcional a 200 km/h em um corpo de meio milímetro de comprimento. Cumprimentam-se com antenas nas idas e nas voltas, para atestar que é por ali mesmo. E não param. Não param. Nunca param. Em todo lugar há formigas. Inclusive dentro da sua cabeça.

ka

confissões I

Para mim, escrever é reiventar nosso absurdo.

anotações das férias

(Desenho de um relógio sobre o título: "tempo pra tudo"). Canto a melodia que só acontece na minha cabeça (rabiscos).

subterrânea aos 70

[...] *ah que droga como espetam as pontas*
da página do tempo –
Kerouac, em *Os Subterrâneos*

"Ah, minha filha", foi dizendo a velha, "na minha idade, tenho que agradecer porque posso fazer tudo quanto é tipo de prevenção: acupuntura, hidroginástica, massoterapia e –" e ela disse ter 70 anos, mas parecia ter 50: uma vitalidade e uma disposição sem igual. Até usava um decote e, embora os seios fossem derretidos, até podia se assemelhar com algo vagamente mais jovem. "Minha mãezinha morreu num sábado, aos 95, lá em Maceió, e eu numa terça-feira já estava morando em Salvador. Faz oito meses. Mandei colocarem tudo num caminhão e –" e ela falava sem parar sobre sua recente mudança de vida, mas o meu tempo estava se esgotando. Eu precisava de informação, não daquilo, mas estava até me divertindo –

menino sábio

O pôr do sol por entre as pedras, o corpo dentro d'água do rio. Na cabeça, nem certezas nem verdades. Mergulhava para esquecer qualquer traço de pensamento e depois, de olho no poente, forçava as pupilas para deixar a luz entrar lá no fundo e esvaziar as ideias. Quem o visse, aquela tarde, não saberia dizer quem ele era – não tinha passado, não tinha futuro. Enquanto ia embora para casa, o menino percebeu que só possuía a pequena porção de terra que cabia embaixo dos seus pés. E que, para alcançar outras posses, teria de mover-se, perdendo assim o terreno anterior. Isso era viver – uma sequência de ganhar e perder, lembrar e esquecer, mergulhar e emergir para nunca mais voltar ao mesmo ponto.

poesia sideral

(para Fernando Munaretto)

O astrônomo explicava as constelações
quando um menino perguntou:
– Para onde vão as estrelas quando morrem?
Um garotinho respondeu:
– Para o céu!
E o astrônomo sempre sorri e se perde em
pensamentos, com a lembrança dessa poesia.

uma vida normal

Céu azul. Meio-dia. Sertão brabo. Grande pausa soberana. Então o menino começa a me responder o que quer ser quando crescer. Ele tem 22 anos, mas uma voz tão pacífica; uma voz de 80. Urubus plainam por sobre as copas ressecadas, lentamente, enquanto ele diz: "Uma vida assim... normal..." Urubus plainam sobre nossas cabeças. Calafrio na espinha. Ainda ouço: "Uma vida assim... normal..." Também quero.

horário de verão

– tic tac – tic tac – descompasso, passo a passo – o horário de verão não chegou aqui – mas todos os relógios de computador marcam uma hora a mais do mesmo jeito – reequilíbrio mental para além das máquinas – desacelere e ganhe uma hora sem nem saber por que – acelere e perca uma hora sem nem merecer – tic tac – tic tac – uma hora a mais, uma hora a menos – tanto faz – tanto fez – ritmo – intensidade – ultrassons – ultrassons – tic tac tic tac – *walt whitman* nos conta que no final de uma vida inteira de estudo e trabalho ainda estaremos no mesmo lugar do mesmo caminho – tic tac tic – e tudo acaba como começou –

tarde quente

homem seminu
cochila encolhido
suando sonhos

eu vi

Era uma vez um homem dono de um tique que dava nos nervos da gente que olhava: passar o dedão da mão sobre os dedos vizinhos, em várias e repetidas sequências de falanges serpenteando e dissolvendo a ideia de mão. Aquilo era uma expressão de seu estado mental confuso & elétrico. Falava sozinho bem baixinho, o tempo todo; soltava frases em voz audível quando parecia ter chegado a uma conclusão importante. "Não, não, não." E, se demorasse muito para que um novo conjunto de palavras viesse à tona em voz alta, era certo, muito certo, que as mãos dissolvidas se agitariam novamente como se estivessem levando um choque. O homem então imitaria um pato: "Fuê." Entraria em silêncio. Suposta calma desenrugaria sua testa. Mas, em menos de um minuto, tudo recomeçaria: as palavras sem sentido, os grunhidos de pato, as contorções nas extremidades dos braços. Eis um homem nervoso, para o qual emitir vibrações de serenidade é lá com os mestres.

três sujeitos

Naquela madrugada nada mais me fazia sentido, então simplesmente entrei no táxi com aqueles três sujeitos soturnos que, eu pressentia, me conduziriam ao inferno. Sabia que não deveria ir, mas pensava na minha cama suja no hotel, naquele cheiro de suor impregnado nos lençóis embolotados, eu sozinha dentro deles – e fui. Talvez fosse melhor mesmo: pelo menos respiraria um ar diferente, conheceria outras pessoas e, quem sabe, até adquirisse uma nova personalidade mais leve e embriagada para quando a manhã chegasse e tudo voltasse ao normal de novo.

memórias de rosita

Esse baile, que chato. Mas, o Franz! O Franz! Ele veio. Ai, ai. Como é lindo, o Franz. Se eu quero dançar? Quero, quero! Vamos. Estou dançando com o Franz! Tá. Hm. Ele tem os passos tão suaves. Parece ter dançado com mil mulheres. Perfeito. Será que estou dançando bem, como ele? Hm. Ah, acabou a música. Tchau, Franz. Tchau... Amiga? Minha amiga, dancei com o Franz...! Hã? O quê? Ele é um sequestrador de mocinhas? Procurado pela polícia? Colabora com quadrilha que manda mulheres para a Itália e a Turquia? O quê? Não! Eu não sabia! Não acredito. Ai. Que decepção. Vou pra casa. Agora! Adeus, baile. Adeus, sonho. Adeus, Franz...

congonhas

Milhares de pessoas a caminho do céu ou do inferno fazem desse aeroporto, como todos, um purgatório. Não importa para onde vão – nem de onde vem – para que se locomovem – ou por quê. Tampouco faz diferença o ritmo das passadas em direção às salas de embarque. A vida está suspensa até a próxima decolagem. Uma senhora japonesa emula à moda de uma prostituta da Bahia. Um velhinho de óculos escuros testa a resistência de um bote em exposição e parece satisfeito. Tanto faz. Celulares conectam o purgatório a lugares melhores, simplesmente por serem outros lugares. A única negra do banheiro feminino é a funcionária de uniforme verde e sotaque nordestino. Quem nota? Tanto faz. Ela parece ser uma nativa do purgatório, ao contrário dos demais, efêmeros passageiros suspensos na direção de seus destinos, seus acasos, seus passados, seus futuros – mas só até quando uma voz anunciar, sem emoção, a chamada para o voo.

pé no chão

(para João Pé No Chão)

Cabeça em Órion. Sempre-vivas crescem entre as pedras. Vegetação de altitude, sensação de plenitude. Na subida da Fumaça, João ensina: pé no chão leva longe! Mas também racha os solados.

descobertas

Conservai, Senhor, o meu senso de humor (do filme *Superoutro*, de Edgard Navarro – 1989)

Sol brando de inverno, quatro da tarde, quinta-feira. O jardim dele está cheio de mato. São plantinhas de diferentes propriedades e tamanhos. Ele demora quase seis minutos para abrir a porta. Eu entendo a existência daquele mato como prova do mistério em tudo.

dois dentes

Mergulho na piscina e deixo lembranças de verões passados confortarem meu corpo, entregue ao cirurgião-dentista. Dr. Gerd se aproxima e diz em voz suave: "A injeção não deve doer nada, nada." Sou criança de novo. Posso sentir o chão de azulejos massageando o meu umbigo, no fundo da piscina. Está tudo azul e morno ao meu redor. "Agora, uma leve pressãozinha..." E lá vai um grande dente, para fora de mim. Sangue, "mais gazes!" Os olhos de Dr. Gerd são transparentes como água límpida. "Agora precisamos dar mais uma injeção, para o segundo dente." Boio. Revejo o roseiral de pequenas flores cor-de-champagne em cachos à beira do varal; revejo o céu de nuvens mutantes. "Essa pressãozinha é um pouco mais..." Gazes, mais sangue. Saio inteira, estou seca, e chamo um táxi com dois dentes escondidos no meu bolso.

cena de dez segundos

A chuva recomeça, mas quem está no ponto de ônibus tem receio de se abrigar sob o teto da padaria e perder a condução. "Aí eles passam e não veem a gente", diz uma senhora de pele feia e amarelada pela luz do poste, e se fecha dentro de um casaco. "Você é corajosa", elogia um negro careca, ao lado dela, sob os pingos cada vez mais grossos de chuva. Da casa em frente, um casal bem jovem sai correndo de mãos dadas pela calçada. Pouco depois, volta na direção contrária, e quando teriam de pular uma grande poça, o rapaz, num átimo, pega a menina no colo, salvando-a de molhar os pés. Ela dá um gritinho agudo, "Ááá!", e depois se reequilibra com certa dificuldade sobre saltos de plástico, estilo melissinha, olhando para baixo.

o segredo

É por isso que a vida é sagrada: porque não é um acidente solitário. Portanto, de novo, devemos amar e ser reverentes uns com os outros, até o dia em que sejamos todos anjos olhando para trás.

Jack Kerouac

Ser repórter, às vezes, é invadir universos alheios para registrar uma história. Isso pode ser deprimente, ainda mais em um cemitério. De cabeça baixa, lapiseira e papel na mão, chego ao velório de Zélia Gattai para fazer o meu trabalho, da forma mais silenciosa possível. Pelo meio da tarde, Paloma Amado nos oferece algumas palavras. Sinto nelas uma reverência enorme por todos ali presentes e disposição em esclarecer detalhes, como se estivéssemos todos juntos construindo algo, graças ao amor dela –

adeus, alexandre

No caixão tinha tanto crisântemo. Subia um perfume de anjo. Mas o paraíso ainda não havia chegado ali. O rosto alterado pelo tiro para fora da coberta de flores permitia que todos soubessem do ocorrido. Dizem que Alexandre, 17, foi morto pelas costas numa noite de diversão com os amigos, depois de manobras radicais em sua moto. Podia ter sido nosso James Dean, se Dean fosse preto, pobre, motoqueiro e vivesse num buraco quente do terceiro mundo.

São cinco da tarde e jovens empinam pipa perto da Quinta dos Lázaros. O sol segue seu curso normal, a terra continua a girar (você come pipoca no cinema, sua vizinha compra um chiclets na esquina, seu amigo vê Faustão e o Faustão está em todas as televisões que não passam o Show do Tom). Mas ali, naquele velório desgraçado, a noite assombra; uma escuridão que vai permanecer para sempre na memória dos amigos.

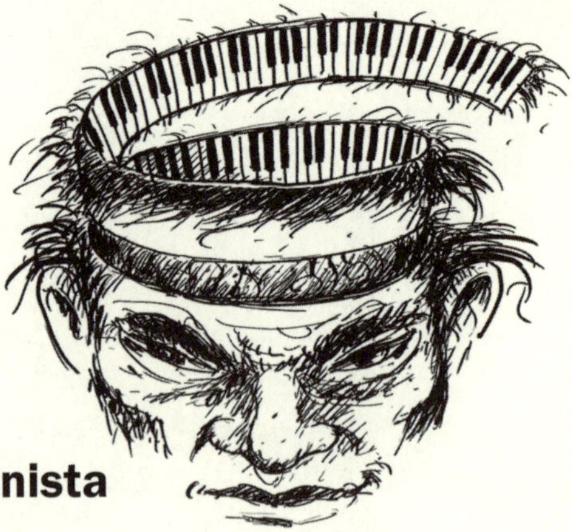

ao violonista

Chego com as águas turvas / eu fiz tantas curvas / pra poder cantar / esse meu canto que não presta / [...] / mas isso é tudo que me resta / nessa festa
Raul Seixas, em *O Homem*

Das oito às dez, foi todo ouvidos. Descobriu-se, já nos primeiros vinte minutos, um anônimo em festa alheia. Ao final, com o olhar vago, de pronto celebrou a oportunidade com uma canção. A música soou como parte do ambiente ruidoso. Nada modificava com sua existência; apenas, talvez, por sofisticar o velho salão pesado com notas agudas. Mas ninguém ouviu ou cantarolou ou comentou ó que lindo e fechou os olhos, inebriado por cada trecho da *Lacrimae*, resultante do atrito de seus dedos com as cordas.

estrela

Toda noite, antes de dormir, uma estrela localizada no canto esquerdo da janela pisca e pisca e pisca e pisca para mim. Só para mim. Sei que ela existe também entre nuvens de chuva e, quando tenho de dormir de dia para trabalhar à noite, imagino-a em algum ponto do céu, pisca-piscando para outra pessoa –

marujo bêbado

Navego na banheira coletiva. Pela janela do veículo entra um vento que mexe com o cabelo branco, comprido e liso da senhora à minha frente. Vento forte, traz o barulho do mar para brigar com o do motor, faz a imaginação tomar conta da realidade.
A letargia é o palco perfeito para a entrada do bêbado sujo, de boca molhada e bafo que se espalha através de gotículas de saliva pelo ambiente. "Feijoada, mocotó, peixe", ele diz, entre pausas, olhando para fora. Deve estar com fome. Mas a barriga é enorme e dá um ar ainda mais nojento à cara do político, estampada na camiseta. Numa das mãos, segura meio par de havaianas branco. Num dos pés, se equilibra sobre a outra metade. Fica ali parado como um marujo de história em quadrinhos, agarrado ao mastro para não ser levado pela maré.

pausa

Li todo o jornal de domingo – e ainda é sábado, até meia-noite. Que outras notícias só cheguem segunda-feira.
Vivo profissionalmente de fatos. E, neste momento – deus me perdoe – estou farta deles.
Quero o não-agir. O não-dizer.
O não-formatar.
Desejo apenas sentir o expontâneo, o susto e o contraditório do que surge sem moldes – e a simplicidade da pipoca estourando na panela enquanto descubro os caminhos das linhas da fumaça do cigarro da atriz do filme.

teatro realista

(Entra ROBERTA, 8 anos, vendedora de bala no sinal:)
– Eu corro, corro corro corro corro corro corro atééé lá no final da fila e deixo as balas nos retrovisores dos carros mas ninguém ninguém ninguém compra as minhas balas e eu sinto sede, muita sede sede ahhhhhh sinal verde que bom que bom glu glug glu. Mainha? Trabalha fora de segunda a sábado e chega em casa cansada e no domingo ela dorme o dia inteiro e a gente chora mas o meu pai não pode ouvir senão
(ROBERTA para de falar porque entra O PAI. Fechar cortinas)

mantra-egotrip

Quero manhãs
ensolaradas, amanhã
e sempre.

flores de Marília

Ela ama flores com tanta intensidade que se casou com um jardineiro. Marília cultiva vasos como quem cuida de filhos. Põe até nomes novos nas plantas, à revelia dos cientistas que batizaram gêneros e espécies em latim. A Cheirosinha é sua preferida. Marília, o jardineiro e seus vasos, três personagens da mesma casa e do mesmo amor.

intervalos necessários

A empregada doméstica estica um tapetinho no chão e deita por meia hora depois do almoço. Ninguém vê, ninguém briga, ninguém manda levantar. Delícia. Meia hora para acomodar os ossos e o espírito para aguentar o resto do tranco.

dois meses

Sinto-me nascido a cada momento
Para a completa novidade do mundo...
Fernando Pessoa, em *O Guardador de Rebanhos*

Abriu-se a porta do elevador e entrei. O ascensorista tinha olhos azuis cristalinos e pele morena como a do Jair Rodrigues. Mal falava. Instiguei. Ele explicou, com os dedos em formato de "v": salário atrasado há dois meses. Dois meses! E olha que é terceirizado da prefeitura. Já fez fiado em tudo que é padaria, mercearia, açougue. Os olhos azuis se cobriam de uma fina camada de branco-gelo – reflexo da luz ou dessa inconcebível forma de injustiça?

à sombra

Ali perto de onde a terra dá lugar ao mar, entre a casa de farinha e o barraco de dona Maria, o povo se acomodou como pôde para conversar com a reportagem. Havia uma grande árvore e, debaixo dela, sombra e bancos de madeira nos davam certo conforto. Todos falavam e a todos era possível ouvir (creio que Deus deu quatro a oito ouvidos aos contadores de histórias). A vida real tem detalhes surreais. Mas ali, onde a justiça não chega, a realidade ainda é chamada de invenção. Que seja. A sombra da grande árvore tornava-nos, todos, sonhadores.

dona rosita

Do rádio saem três vozes cantando em alemão para louvar ao senhor dos cristãos acompanhadas de um violão aveludado.
A senhora que irá completar 88 anos amanhã exulta: ai que lindo esse filme! Ela troca palavras – filme por disco, macarrão por camarão, você por ele. Os olhos, contudo, exibem sempre sentimentos coerentes. Neste momento, mostram ser os mais felizes do planeta.
A lucidez enorme dá licença à loucura quando ela quer brincar, e volta quando ela quer ser séria. O andador, equipamento de auxílio para a caminhada, serve para pregar uma de suas peças preferidas. Em vez de se apoiar no metal, arrastá-lo e segui-lo com passinhos pequenos, Rosita ergue todo o equipamento e anda rapidinho, levando-o consigo como um troféu. E ri, ri muito da própria piada...

anísio

Anísio e sua flauta-tosca-de-hippie. Anísio e suas histórias farsescas de escaladas difíceis e imensas que nunca existiram. Anísio e seu quixotesco ciclo de sete anos. Anísio e sua autoconstruída fama de anti-herói. Anísio e sua loucura insegura disfarçada de estratégia de vida ideal. Pode ser estranho, mas faltam Sinceros Anísios em mundos objetivos, concretos e falsamente perfeitos.

no cartório

O cartório de notas estava lotado. Paredes beges, pessoas sérias, papéis importantes. Carimbos. Assinaturas. Protocolos. Na fila, três homens conversavam alto sobre as aventuras da última caçada no mato. Davam risadas e mexiam os corpos para encenar os movimentos dos bichos acuados; traziam a selvageria da floresta atlântica para dentro do ambiente asséptico & condicionado.
A atendente não gostou. Com a boquinha apertada e a postura ereta dentro do blazerzinho de loja de departamento, tinha nas pupilas duas carabinas, desejosas de matar aquela alegria com tiros certeiros.

o ascensorista

Um dedo no botão requerido pelo cliente. Os outros nove na própria mão mesmo. Unhas bem lixadas e pintadas de esmalte transparente. Subir-descer-subir-descer o dia inteiro. Na cama, de noite, sai dos limites do corpo e aprende a viajar calado pelo tempo e pelo espaço. Revela:

– Eu gosto de contar as estrelas no céu.

no palco

Ele era o sol da banda. Resplandecia. O chorinho tirado do bandolim, do violão, do sax, nada seria não fosse aquele percussionista. A cabeça ia para um lado e outro. O corpo requebrava para cá, requebrava para lá, dirigindo os breques e dando sentido às pausas. Ele acompanhava a banda com o ritmo e o sorriso doce da linha de expressão entre os olhos fechados. Nas mãos, carinhoso e afável, levitava o pandeiro criador de vibrações sutis. Ele era o sol da banda e eu, o reflexo enluarado, entre os anônimos da plateia.

brasília

"Brasília tem centros comerciais, muitos porteiros e pessoas normais", o rádio repete e repete e eu bato a mão direita na perna para marcar o ritmo. O motorista do carro aumenta o volume e acelera. Puxo o ar queimante mais fundo, para ver se entra algum alento em mim. O asfalto brilhante, lisinho, é coisa de filme porque estamos no período de seca. Deslizando por ele, o carro passa anônimo em frente a todos os pontos de decisão política e consumo apócrifo. Invisíveis, reverenciamos Kubitschek, Costa, Niemeyer e os Candangos. Xingamos os FDPs ao passar em frente ao Congresso. Analisamos o ritmo da marcha dos Dragões da Independência. Conhecemos todas as asas, setores, quadras, zonas e folhas secas das árvores (e nenhum rosto e nenhuma voz e nenhum corpo). A poeira vermelha gruda nos nossos sapatos; ligar os pés a essa terra exige resistência à falta de umidade e grande desejo por horizontes vazios.

noites de quarta

Raízes profundas
ligam homens e sofás.
Convicções futebolísticas
são mais importantes
nestes momentos de
tensão entre bolas,
jogadores, juízes e o Nada.
O locutor da TV:
– E vai de cabeça! Tira o
goleiro. Goleiro experiente
esse. Que atuação linda
da zaga. Poderia ter sido
um golaço. É o espírito
do Maracanã. Dois a zero,
Botafogo.

pepeu

– Não, Pepeu. Não morda assim meu pé.
Não pegue assim minha sandália! Ai ai ai!
Já a terceira que perco essa semana. Pê-pêu!
Pro canil. Cã-nil. Cã-nil. Isso. Isso. Pronto.
Três tempos depois.
– Pode sair. Mas não me trate mais assim...
Vem cá, vê-e-em cá. Bobão.

a mãe das putas

Ela começa a bater palmas e batucar no próprio corpo – um som sequinho, levinho, na carne idosa de ossos frágeis – e canta versos que a glorificam como Irmã Dulce das putas, viados, moradores de rua, os habitantes dos subterrâneos da Ladeira da Montanha e região. Sua voz está acostumada a berrar. É volumosa. Mãe Preta samba, sorri e depois da música dá uma risada linda, mostrando os dentes que ainda restaram. Acabada a brincadeira, vai mexer a panela do feijão que servirá a seus "filhos", já famintos na porta do cubículo sub-humano que serve de quarto-cozinha-casa, assistindo ao espetáculo. Mantém a dignidade a seu modo, assim, oscilante. É muito vaidosa. Usa colares, anéis, relógio grande, óculos de lente colorida para enfeitar a cabeça. Neste ponto, está bem distante de Irmã Dulce.

salmo 138

Conhecimento assim maravilhoso me ultrapassa,
ele é tão sublime que não posso atingi-lo.
versículo 6

O padre parou de caminhar, abriu o livro dos cristãos e me mostrou o Salmo 138. Aos 79 anos, o religioso ainda possui energia como jovem. Mesmo assim, sua voz de catequese não pôde ser mais alta que o som do trio elétrico. Não o ouvi ler versículo a versículo, apenas acompanhei a ponta do seu dedo indicador esquerdo passando embaixo das palavras, sem pausas – no começo eu li, depois aquela unha e aquele dedo e aquela mão me pareceram tão mais reveladoras da tragédia humana! Quantos segredos e lendas guardam as mãos de um padre de 79 anos? Quisera eu ter o dom de revelar os detalhes da alma por meio da observação das nervuras da pele.

o jardineiro

Então dá mais uma risada gostosa das coisas tortas da vida. Pele escura, rosto curtido, dentes falhos, corpo esculpido por anos de gramas & podas & enxadas & espinhos, mãos grossas e calejadas. Doce como a mais terna das avós pode ser, mas firme como um guerreiro. Tem cara de índio bugre misturada com onça pintada. É pobre, desprovido de equipamentos mais adequados, desconhece os termos científicos para o que faz. Não importa: nascera com a linguagem da natureza. Simples assim. Eis o jardineiro que ri (bebendo sua cerveja escondido no quintal da festa).

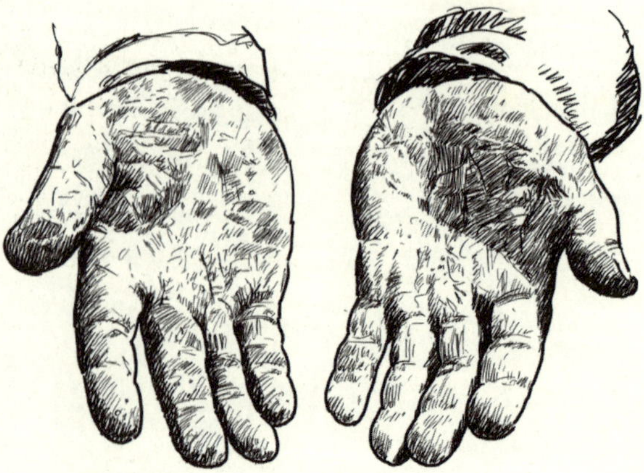

dia de folga

O toque do telefone me acorda. Vingança: não atendo. Olho pelo visor e não reconheço o número. Menos mal. Tomo banho. Gosto do perfume do sabonete. Mas meu corpo está transparente como o de Chihiro e não há nenhuma comida mágica em casa que possa devolver-me as forças. Vou ao supermercado. Centenas de pessoas fazem compras no primeiro dia do mês. Eu também. Sou operária. E no meu único dia de descanso semanal, gasto metade do tempo voltando a mim. Ou, pelo menos, tentando.

serena manhã

...pássaros cantam, aqui
e ali; sinos da felicidade
pendurados nas varandas
tocam, ora graves, ora agudo
carros passam ao longe na
rodovia; um avião desloca ar
em algum lugar distante do
céu, provocando a sensação
de que as nuvens estão se
movendo; as flores ainda
brilham por causa do orvalh
o chá quente de hortelã
desperta o organismo; o
pijama ainda morno acalma
pele; espreguiço-me, suspiro,
rezo sem palavras – e sigo em
frente...

são paulo

Vejo tantos rostos diferentes que já nem sei como é o meu.

o velho sábio

No ombro direito, equilibrava um pedaço de pau com duas embalagens plásticas cheias d'água nas pontas. Os potes eram brancos, mas rotos, velhos e sem bordas definidas. O outro ombro ia mais alto, como que para demonstrar força. Aos 72 anos, aquele ex-soldador na Usina Cinco Rios possui quase nada na vida.

– Nem uma cabra eu tenho.

Mora embaixo de uma palmeira em Maracangalha. Todos os dias, busca água. Vive da aposentadoria mixa. Rala para comer. Mas ainda consegue rir da desgraça alheia, e da própria. Quando o avião caiu, trazendo R$5,5 milhões de dívidas aos maracangalhenses, o velho previu a desgraça. E ficou sentadinho no mesmo lugar, espiando os outros catarem problema.

– Melhor não ter nada do que viver fugindo de bandido.

solisluna
editora

Este livro foi editado em junho de 2010
pela Solisluna Design e Editora.
Impresso em papel pólen 90g/m².
Tiragem 2.000 exemplares.
Impressão Gráfica Santa Marta.
Salvador, Bahia, Brasil.